KB037130

카톡 씨도

즐토하세요 오늘은.

카톡 씨도

즐토하세요 오늘은.

조수선 시집

몽트

시인의 말

저의 시는
저를 닮아
화려하지 않고
수수하고 소박합니다

시름 많은 세상
맑은 물 같은 시로
위로 받으시고
힘내셨으면 좋겠습니다

그리고
몸이든 마음이든
부디 아프지 마시길

2021년 가을 조수선

• 목차

PART Ⅲ 너도 부추꽃 연가

PART Ⅳ 오나가나 시(詩) 생각뿐

PART V 기억 지키기

PART I

지금은 맥문동이 예쁠 때

봄꽃은

새 깃털처럼
봄꽃은 참으로 가볍기도 하다

엷은 속살 겨드랑이 사이로
바람이 살짝 스치기만 하여도

연분홍 입술 꽉 다물지 못하고
까르르까르르
온 산하에 웃음꽃 쏟는다

키 작은이의 비애

창이 높아
파란 하늘을 바라볼 수 없을 때

먹음직하게 익은 홍시
감나무에 손이 닿지 않을 때

그대 얼굴 대신
그대 가슴 와이셔츠 단추와
눈이 딱 마주칠 때
나는 슬프다

나는 아직도
키 큰 그대 얼굴이 몹시 궁금하다

바닷가 연가

난 아무래도 좋다
붉은 매화꽃입술
눈빛 고운 그대
다시 볼 수 있다면
수천수만의 너울이 몰려와도
난 기다릴 수 있다

포구의 불빛처럼
그대 나를 잊는다 하여도
윤슬처럼 눈부신 그대
나는 결코 잊지 않으리

내 오랜 그리움이
찬란한 해넘이 속
하얀 소금꽃이 된다 하여도
그대 향한 사랑 하나만으로
저기 밀려오는 바다 안개 거친 바람
난 얼마든지 견딜 수 있다

때로는 달팽이처럼

빽빽한 빌딩 숲 회색도시
잠시 바쁜 일상을 벗어나
때로는 달팽이처럼
쉬엄
쉬엄
느릿
느릿
빈 마음으로 걷다 보면

종종걸음 치던 마음에도
하늘하늘 초록빛 쉼표 춤추고
둥실둥실 하얀 구름
숨 가빴던 시간 안고 유유히 떠간다

조심조심

코로나 속의 일상생활
살얼음판 딛는 것 같이
조심스럽다

거리 나서는 것도
사람 만나는 것도
병원 가는 것조차도
불안 속에 사는 삶이
조심 또 조심스럽기만 하다

마음 푹 놓고
안심 탁 하고
편히 살 날은
예전의 일상으로 돌아갈 날은
우리 언제쯤이면 가능할까

지금은 맥문동이 예쁠 때

솔향기 은은한 나무숲 아래
보랏빛 비단 펼치고 선
저 아름다운 자태를 보라

연일 치솟는 폭염에도
한껏 신비로움 발하는 모습
주눅 들지 않는 저 당당함

괜한 두려움과 불안은
모두 내 몫이런가
나만 그런가

지금은 맥문동이 예쁠 때
세월이야 가든 말든
세속 것 다 떨쳐버리고
곱게 깔린 맥문동에 앉아
향긋한 글이나 쌓으며
빈 마음 꽃 마음으로
하냥 살고 지고 살고 지고

호박잎 양산

쨍하게 햇볕 쏟아지는 골목
마당 텃밭 담을 차고 나온 호박 넝쿨
줄기 가득 호박잎 양산 펼쳐들고
너울너울 춤추며 쉬어가라 한다

무더운 날 하필 양산도 없이
병원 다녀오시는 준이 할머니
널따란 호박 이파리 아래서 땀 식히신다
땡볕에 한껏 열 오른 민이도 슬쩍 들어오고
손 양산 받치고 가던 영아도 살짝 섰다

아롱다롱 예쁜 꽃 양산은 아니어도
모두 초록 호박잎 밑에 서서
하하 호호
바닷가 비치파라솔도 부럽지 않다

골목길 가로등

그의 출퇴근 시간은 칼이다
립스틱 붉은 동백
둥글게 쪼그리고 앉은 창문 아래서
밤마다 불침번을 선다

때때로 그는
무언의 손짓을 보내기도 하지만
나는 한 번도 답한 적이 없다

무한으로 기다리는 그의 그리움과
버거운 언덕 같은 내 고독이
함께 만나는 날은 있을까

골목길 가로등
그는 짝사랑처럼
아련한 눈빛 레이저 끊임없이 보내고
가끔 지나가는 바람이 전하듯
이중 창호가 덜컹덜컹 소리를 낸다

난 슬플 땐

넌 슬플 땐 하늘을 본다 하였지
난 슬플 땐 하염없이 걷는다
무작정 길을 걷다 보면
곧은 길처럼 마음이 편안해져

이런저런 생각에 잠겨 걸으면서
헝클어진 실타래를 풀어내듯
복잡한 생각을 정리하고
다른 사람들 사는 모습에서
내 삶을 반성해 보기도 하지

꼬부랑길 따라 걸으며
내가 할 일을 생각하기도 하고
삶의 활력을 얻기도 하지
난 슬플 땐 하염없이 걷는다
눈물 젖은 내 마음이 다 마를 때까지

나무는 몸짓으로 말한다

곧 큰바람 몰려온다고
나무가 말한다
사나운 파도 방파제를 넘어오듯
넘실넘실
나무숲이 출렁거린다

저기 먹구름도 따라온다고
큰비가 오겠노라고
나무가 말한다
휘청휘청
쓰러질 듯
나뭇가지를 좌우로 뒤흔들고 있다

기분 좋은 날엔 살랑살랑
날아갈 듯 춤추고
슬픈 날엔 힘없이 흐늘흐늘
나무는 몸짓으로 말한다

풀벌레 소리

서늘한 가을밤 깜깜한 어둠 뚫고
풀숲에서 들려오는 벌레 소리

밤새도록 담을 넘어
창 두드리는 저 소리는

울음도 아니고
노래도 아니야

다음 생을 위한
풀벌레들의 처절한 몸부림

하느님께 바치는
애절하고도 간절한 기도 소리다

꽃들에게 말 걸기

꽃이 만발한 꽃밭에서
꽃들에게 말 걸기

늘씬한 키 해바라기
층층이 꽃 단 접시꽃
날마다 보아도 정겨운 친구 같아
오늘도 반가워

둥근 꽃볼 수국
화려한 범부채 꽃은
늘 새로워
오늘도 사랑해

흙이 좋아 땅아 일체로 살아가는
보랏빛 사랑 제비꽃
노란 민들레 웃음은
언제나 생기를 북돋워 줘
정말 고마워

오늘도 찰칵
한 컷 한 컷 저장한다

새들의 수다

사거리 교차로 검은 대문 집
정원수에 사는 새들
저녁 무렵이면
새들의 수다로 왁자지껄하다

조잘조잘
재잘재잘

낮 동안 입에 물고 다니던
하늘 세상 땅 세상 이야기가
굴뚝 연기처럼 피어오른다

놀빛에 밀려 둥지로 돌아온 새들
식사 준비하랴
수다 떠랴

새들의 저녁은
낮보다 더 바쁘다

벽

힘든 세상 살아가기 위해서는
벽과 친해져야 한다

고독한 날에는 벽에 기대어 자고
슬픈 날에는 벽 부여잡고 운다

밥 먹을 때도 벽과 마주 앉아 먹고
답답할 때도 벽에게 하소연한다

벽은 무뚝뚝한 사내와 같아서
그저 묵묵히 내 말을 들어줄 뿐
무표정하다거나 대답 없다고
속상해할 것은 없다

세상에는 벽 같은 사람 더러 있어
나는 벽이 낯설거나 전혀 어색하지 않다

개망초꽃은 낯가림이 없다

한적한 골목 담벼락에 기대어
소박한 삶을 피우는 개망초꽃

피붙이 모여 사는 들판 두고
회색 도시로 온 사연은 알 수 없지만
배시시 웃는 하얀 얼굴이 애교스럽다

'화해'라는 꽃말처럼
가까이 있는 사람 행복하게 해주고
멀리 있는 사람 다가오게 한다는 꽃

가는 걸음도 빠르게
모른 척 지나가면
먼저 손 흔들어 마음 여는
인정스러운 꽃
쓰러질 듯 여릿여릿하여도
개망초꽃은 낯가림이 없다

립스틱이 뿔났다

바삐 움직이던 손 끝에 걸려
바닥으로 툭 떨어지는 립스틱

또르르
립스틱 굴러 어디 가나?
코로나 없는 세상 가지

또르르
립스틱 굴러 어디 가나?
마스크 없는 세상 가지

또르르 또르르
붉은 립스틱 어디 가나?
나만 사랑해 줄 사람 찾으러 가지

뿔난 립스틱
달래기라도 하듯
오랜만에 짙게 한 번 발라본다
때아닌 시월 내 입술에
뽀로통 홍매 꽃망울 수줍게 피었다

첫사랑처럼

봄은
첫사랑처럼 왔다가
첫사랑처럼 가는 것

가슴 가득
연분홍 설렘만 피워놓고
애잔한 그리움 남긴 채

바람 속
꽃비 되어
소리 없이 떠나는 것

그리운 영산강

고요하게 흐르는 강물
바람에 일렁이는 갈대밭
갈잎의 노래가 사각사각
강가를 맴돌고 있을 것만 같은
가을날의 영산강

꿈을 꾸며
다정히 날아오르는 새들처럼
영산강 강변을 오래도록
나는 걸어 보고 싶었다

속세에 찌든 마음
푸른 물결에 씻으며
다리가 저려올 때까지 걷고 싶었다

차창으로 한 번 스쳐 왔을 뿐인데
못내 아쉬워 두고두고 생각나는
그리운 영산강
언제 한 번 더 갈 수 있으려나

카톡 씨도 즐토하세요 오늘은

거리두기 모임 자제
우울한 코로나 시기
세상과 소통할 수 있는
폰 있어 참 다행입니다

카톡 카톡 카톡
다정한 친구가 보내주는
아침 카톡은 수다스러워도
고운 말들로 가득합니다
'좋은 날 되세요' 꽃다발 인사말
'오늘도 행복하세요' 하트 글
사랑의 알람 되어
잠자는 나를 깨워줍니다

외출 자제 집콕 모드
불편한 코로나 시국
월 화 수 목 금 토 일
건강 묻는 안부 메시지로
좋은 음악 영상으로

위로와 희망의 말로
날마다 새날 열어주는
희야 자야 감사합니다
즐거운 토요일 되소서

스마트한 시대
바쁘게 카톡거리며
내 폰 안에서 수고하시는
카톡 씨도 즐토하세요 오늘은

꽃처럼 예쁜 말

꽃은 겨우 며칠 살다 가면서도
예쁜 말만 남기고 간다

고맙습니다
사랑합니다
미안합니다

내 가슴에도 새겨
항상 간직하며 살아야 할
꽃처럼 예쁜 말들

에스프레소와 그녀

그녀, 딱 에스프레소다
짙은 황토색 스카프에 깜장 원피스 입고
광나는 뾰족구두에
향기로운 가방 들고 우아하게 걸어온다

에스프레소 작은 찻잔처럼
한 손에 들어올 만큼 왜소하지만
진하게 농축된 말을
상대방 가슴에 새기듯 하는 여자

어쩌면 우리 인생 맛 같은 에스프레소
그 씁쓸, 달콤, 고소함
천천히 길들이고 음미하며
참새 눈물만큼 커피를 끊어 마시는 나를
눈 흘기듯 쳐다보던 그녀

그녀의 미소가 목에 걸린 탓일까
카페 문을 나서도 에스프레소 향은
쉬 가시지 않는다

그녀의 묘한 매력까지 옷에 달라붙어
방안 깊숙이 따라 들어왔다

하품

아함
길게 늘어뜨린 하품 속으로
졸린 삶이 들어온다

찔금
마지못해 눈물 한 방울 떨어뜨리곤
운명에 순명하듯
말없이 드러눕는
내 소중한 하루여

꿰매다

엄지발가락이 쏙
구멍난 양말

꿰매야 할 것은 양말이 아니다
구멍 나서 바람 들락이는 게
어디 양말뿐이랴

삶 안에서도 구멍은
시도 때도 없이 뚫려
시릴 때가 많았다

구멍 난 양말은
구멍 난 만큼의 천을 대고
구멍 난 만큼의 정성 들여
촘촘히 기워버리면 그만

새로운 천 덧대어 박음질하여도
바람 숭숭 들어오는 아픈 마음이 있다
구멍난 양말처럼

뻥 뚫린 마음 덮으려
오늘도 바늘에 실을 꿴다

제주도

평화롭다
하늘도
땅도

아름답다
에메랄드빛 바다
동백숲

겨울 밤비

샤락 샤라락
겨울 빗소리가 길다

똑똑똑
창 두드려
마지못해 일어선 밤

겨울 밤비 내려와
내게 주고 간 것은
다름 아닌 봄 씨앗

몽글몽글
어느새 내 마음에
꿈틀거리는 희망의 봄

내 손

내 삶이 담긴 손
내 작은 손안에
행복 웃음 아픔 눈물이
고스란히 들었다

세월 따라
곱던 손은 주름지고 거칠어져
볼품없이 변했지만

언젠가 그대 몹시 슬퍼하던 날
울먹이는 그대의 차디찬 손을
내 따스한 손으로 잡아줄 수 있어서
나는 그때 참 좋았다

꽃지게 지듯

거친 세상
지치고 어려워도

주눅들지 않고
포기하지 않으며

늘 맑고
밝은 마음으로 살아야지

무거운 삶의 무게
꽃지게 지듯 가뿐하게

감사한 마음으로
기쁘게 웃으며 지고 가야지

찰나

지금 이 순간은
두 번 다시 돌아오지 않는 것

모습은
시나브로 변해가고

기억은
갈수록 흐려지는 것

사진을 찍자
글을 쓰자

비상하는 새처럼
연둣빛 타고
퍼득이며 날아오르는
한낮의 봄꿈을 담는다

길이 남을 영원을 위해
찰나를 낚아챈다

아늑한 휴식처 부산시민공원

사시사철 나들이하기 좋은 곳
문화가 있고 역사가 있는 공원

일백 년 아픔 딛고 새롭게 변모한
우리 쉼터 우리 심장부
오랫동안 참았던 응어리 분수되어
부푼 희망 거침없이 내뿜는다

아름다운 초원 푸른 잔디 광장에서
플라타너스 춤추는 기억의 숲에서
아이들 맘껏 나래 펼치고
테마 숲길 걸으며 내일을 꿈꾸는 사람들
야외무대에서 갤러리에서
혼신의 힘을 다해 흔적을 새기고 꿈을 짓는다

넉넉하고 아늑한 휴식처 부산 시민공원
어버이 품 속 같은 소중한 자리
영원 무궁히 우리가 지키고 가꾸어 가야 하리

단풍이 좋다

가을길에서 만난 단풍
인생 황혼 길에 서니
꽃보다는 단풍이 좋다

찬란히 피었다가
흔적 없이 사라지고 마는 꽃보다
묵은 책 속에
책갈피로 남아있는
오색빛 단풍이 좋다

세상 풍파에 순응하며
조용히 물들어간
단풍같은 삶이 아름답다

채송화

그 이름만으로도
여름날에 더 한층 빛나는
올망졸망 모여앉은
키 작은 채송화
화단 너머 세상이 보고 싶어
안간힘을 쓴다

낑낑대며 발뒤꿈치도 들어보고
아슬아슬 까치발도 해보지만
늘씬한 키 자랑하는
붓꽃만큼
난초만큼
키는 더 이상 늘어나지 않는다

이별을 고했네

용광로처럼 뜨거운 사랑
이제는 싫다고 말하였네
불같이 이글거리는 눈빛도
이제는 지겹노라 말하였네

바람 부는 강가에 서서
이별을 고했네
무심히 흘러가는 강물처럼
그렇게 떠나라 재촉하였네
내 심장 펌프가 멎기 전에
제발 가라 가라 등 밀었네

온몸을 녹일 것 같았던 폭염
여름과 이별 하고 돌아오는 길에
소담스레 화분에 담겨있는
노란 국화를 보았네
드디어 가을이다

PART Ⅲ

너도 부추꽃 연가

무관심

동네 골목길
모퉁이 돌아설 때 보았네
겨우내 비쩍 마른 몸에
헐벗은 채 떨고 있던 나무

봄맞이 새 옷 한 벌 걸쳤네
초록 옷에 붉은 꽃까지 달고

아, 너도 꽃나무였구나
내가 무심하여 몰랐다
아무 쓸데 없이 버려진
나무로만 생각했지

진작 마음 한 번 줄걸
관심 있는 척
따스한 눈길이라도 줄걸
내가 참 잘못했다

그대 웃음소리

까르르까르르
그대 웃음소리
해맑은 아기 천사 웃음소리
새싹 희망 돋는 소리

까르르까르르
그대 웃음소리
함박꽃 행복 피는 소리
햇살 기쁨 솟는 소리

언제나 들어도 기분 좋은
사랑스런 그대 웃음소리
까르르까르르

산을 닮아야 하겠다

산 같은 어른이 되어야 하겠다
말을 줄여야지
철없는 아이 하는 일이
어설프고 못마땅하더라도
간섭하고 잔소리하기보다는
모른 척
산처럼 조용히 기다려 주고

아이의 작은 실수에도
큰소리로 꾸짖기보다는
못 본 척 눈감아 주고
산처럼 지켜볼 줄도 알아야지

늘 푸른 미소로
모진 비바람 새들 우짖는 소리까지도
묵묵히 견디며 모든 것 품고 사는
속 깊은 산을 닮아야 하겠다

입추

요란스레 달력이 흔들리며
드디어 입추라 외치네요
솔솔 부는 갈바람
폭염에 데인 자국을 낫게 할까요?

귀뚤귀뚤 귀뚜라미 울음
열대야에 지친 마음이 달래질까요?

가을 오면 사납게 위세 떨치던
무시무시한 폭염은 어디로 갈까요?

과수원으로 달려가 과일을 맛 들일까요?
깊은 산속으로 들어가
알록달록 단풍나무 옷이나 될까요?

여름 내내 힘들게 했던 폭염
급히 달려온 가을바람에 쫓겨
십 리도 못 가 골목 화단에서 사그라졌네요

폭염 숨 멎은 골목 화단엔
코스모스 한들한들
사람들 마음을 위로하네요

프리지아 한 웅큼의 미소

수줍음 많은 봄
저 혼자 오지 못하고
은은한 프리지아 향기 앞세워
조심스레 겨울 등 밀치며 온다

멈칫 멈칫
올듯 말듯 머뭇거리며
햇살 반짝이는
언덕 위에 앉았다가
프리지아 반갑게 손 흔들면
그제사 살며시 일어서는 봄

입춘대길 바람 부는 거리엔
눈물겹도록 투명한
프리지아 한 웅큼의 미소가
봄의 향연을 가장 먼저 피우고 있었다

가시고기

참으로 눈물겨운
아버지 사랑

내일은 처절하게
생이 다한다 하여도

모든 것 다
아낌없이 내어주고 싶은
바다처럼
깊고 깊은 아버지의
끝없는 자식 사랑

너도 부추꽃 연가

먼 새벽하늘 열리는 소리에
화들짝 가슴이 떨려옵니다

발갛게 붉어지는 두 볼을 토닥이며
망울망울 꽃눈 들어
한데 큰 길가로 향하지만
요란스레 지나가는 바람의 헛기침 소리뿐

코로나에 등 밀려 떠난 사람
그대 언제 다시 오려나
하늘하늘 풀잎 사이로 감겨오는 그리움

기약 없는 긴 기다림 속에서
지극 정성 다하여 바치는 진홍빛 기도
몇 날 몇 밤의 어둠을 남 몰래 태우곤
시나브로 잔불처럼 사위어가는 너도 부추꽃

누렁 개 한 마리

밤을 향해 가는 저녁 무렵
시장길을 지나오다
불 꺼진 가게 앞에 우두커니 서 있는
누렁 개 한 마리를 보았습니다

어두 컴컴한 속에서도
선명하게 느껴지던 눈물 그렁한 눈

한참을 지나
전 속력으로 달리는 지하철 안

유리창 밖 어둠을 찢고
슬픈 눈빛 하나가 둥둥 떠서
내게로 달려오며
자꾸만 내 손을 잡아당깁니다
그 누렁 개 한 마리가

하루가 짧구나

아침 먹고 돌아서면 금방 점심
쉴 틈 없이
이것저것 치우고 청소하고 나면
또 저녁 준비

오며 가며 눈 마주친
서녘 하늘 해는 어느새
퇴근한다고 너울너울 넘어가고

저녁 밥상 물리고 뉴스라도 볼라치면
티 나게 한 것도 없는데
온몸이 노곤노곤
눈꺼풀이 무거워
내일 위해 자야 할 시간

오늘도 내가 정말 하고픈 일은
아예 꺼내지도 못했네
얘야, 하루가 참으로 짧구나

조용한 학교

날이 갈수록 조용해지는 학교
운동장에서 뛰노는 아이들이 없어
한낮인데도 고요한 절 같다

미세먼지에다
코로나 감염병까지 겹쳐
맘껏 운동장에서 뛰놀지도 못하고
마스크 쓴 채 제대로 얘기도 할 수 없어
친구를 봐도 멀뚱멀뚱

'무궁화 꽃이 피었습니다'
'꼭꼭 숨어라 머리카락 보일라'도
이젠 다 까먹겠다

오후 나절 따스한 햇살에
하품만 늘어난 미끄럼틀

화단의 꽃과 나무
행여나 하는 맘으로
교실을 기웃기웃

달님

동네 어귀 언덕길 넘어오다
우연히 마주친 달님
여전히 그의 미소는 눈부시다

오늘도 저만치
멀찍이 서서
가는 길 지켜주는 고마운 님

그래서 나는 그가 좋다
좋다 좋다
참 좋다

밥하기 싫은 날

터벅터벅
피곤이 몰려와 밥하기 싫은 날

집으로 오는 길에
순대 어묵 떡볶이
모처럼 사서 편하게 잘 먹었지만
무언가 허전해
애꿎은 냉장고만 뒤적뒤적
선반에 라면을 들었다 놨다

에라 그냥 자자 누워도
두 눈은 말똥말똥
김이 모락모락 나는 뜨끈한 밥
잘 익은 김치 올린 밥숟가락
눈앞에 아른아른
삼삼하다

울보 하늘

장마철 하늘은 울보
어제도 울고
오늘도 울고
내일도 울겠지

하늘 그대 울더라도
가끔은 서산 마루 위에
노을빛 고운 웃음도 보여주오
내가 불안하지 않게

그대 하늘이여 또 울더라도
가끔은 뒷산 바람 언덕에
일곱 빛깔 찬란한 무지개 다리도
살며시 놓아주오
내 꿈이 사라지지 않도록

능소화2

한여름 노을이 저리도 붉은 것은
그녀의 고운 모습 탓이리라

심술 바람 와서 건드려도
길냥이 하루 종일 꽃그늘에서 놀아도
그녀는 그저 웃기만 하네

화사한 그 모습에 반해
내 마음도 흔들흔들
능소화 꽃 그네 타네

누구에게나 부드러운 손 내밀어
친절하게 반기는 능소화

하늘을 능멸한 거만한 꽃이란 이름은
이젠 접어두어도 좋으리
땅을 향해 아래로 아래로 향하는
겸손한 꽃이라 부르리라

외로움 모아

몹쓸 외로움은 밤낮이 없다

하루를 시작하는 아침에도
고단한 몸 눕힌 밤에도
벌레처럼 스멀스멀 기어오른다

쓸데 없는 외로움 모아 모아
갈고 닦아서 보석을 만들자

발처럼 길게 창에 걸어서
반짝이는 날들을 맞자

사랑이 더 많이 필요해

사람들이 자꾸 화를 내
사람들 가슴에 화가 많이 쌓였어
큰일이야

코로나가 사람들을 화나게 했어
어렵게 내민 말에도 예민해져
공격하듯 날카롭게 대답해

예사로운 말에도 짜증
그냥 하는 말에도 신경질
이젠 말 붙이기조차 겁나

우리는 다들 화를 내
서로가 서로에게 화풀이를 해
어떤 날은 나도 화가 나려고 해

우리 사는 세상 우리 모두
사랑이 더 많이 필요해

입춘 소식

찬바람 서성이는 마당
엷은 햇살 아래 보석처럼 빛나는 동백
일렁이는 바람결에 점점이 피어나
봄 편지를 쓴다

붉은 꽃송이마다
하냥
아롱아롱 떠오르는 얼굴

이른 봄날이면
그대의 뜨락에도
붉은 동백이 피는지
입춘 소식이 궁금하다

낯선 곳에서 기다림

나는 네가 어떤 모습으로
내게 올지 모른다
키만 삐죽 튀어나온
볼품없는 나무가
어떤 모습으로 치장할지
아직은 모르겠다

긴 겨울밤 지새고
연한 봄 햇살에 졸면서도
꽃샘바람 몰래
어떤 빛깔의 꽃물을 채웠을지
너의 모습이 그저 궁금하기만 하다

이왕이면 분홍빛 연한 차림보다는
내 마음에 문신처럼 너를 새길 수 있도록
새침하게 토라진 모습이더라도
진분홍빛 선명한 너였으면 좋겠다 나는

울 엄마 허리

삶에 짓눌려
구부정하게 내려앉았던 엄마 허리
내 허리 아플 때마다 엄마 생각난다

살아생전
앉은 자리 털고 일어나실 때마다
'아이쿠!'를 지팡이 삼으셨는데
내가 모자라서
그 말 하나도 제대로 못 알아듣고
손 한 번 잡아드리지 못하였네

평생 허리 한번 제대로 못 펴고
꼬부랑 할머니로 사셨던 울 엄마
얼마나 힘들고 아프셨을까

아픈 내색 조차 하지 않으셨던
둥근 허리 울 엄마
오늘도 그리운 마음 가득하여
기도의 길에 나선다

무궁화 꽃무늬

무궁화 꽃무늬
옥색 치마저고리
딱 한 벌만 갖고 싶다

새하얀 동정 달고
치마폭 넉넉히 잡아
고운님들 만나는 날
차려입고 싶다

꽃바람에 날리우는 치맛자락
손끝에 모두우고
보일락 말락
하얀 고무신 코 세워

사뿐사뿐
무궁화 꽃모습으로
다소곳 걸어보고 싶다

울음 소리 요란해도

가을을 누가 데리고 왔나
귀뚤귀뚤
귀뚜라미 소리 요란하다

큰소리 칠만도 하지
저 울음하나로
어마무시한 폭염을 떼 내어버렸으니
서로 자기 공이라고 우기고 있다

밤새도록 소리치며 잘난척 하여도
난 할 말이 없네

나는 가을을 데려오지 못했으니
쉴 새 없이 내 귀에 대고 귀뚤거려도
난 그저 듣기만 할 뿐

비야 비야

곱게 단장한 여인 하나
버스 정류장에서 비를 맞고 있다

빗물에 흠뻑 젖은 머리
얼굴 타고 내리는 빗방울

깜박이는 두 눈에 흐르는 것이
빗물인지 눈물인지 알 수 없다

야속하게도
그칠 줄 모르고 내리는 비

비야 비야
저 여인 마음까지 다 젖기 전에
부디 이제 그만 멈추어 다오

컴퓨터 자판을 두드리는 시간

불면으로 너와 함께 하는 밤
아무리 괴로워도
너와 마주 앉으면
눈물도 슬픔도
명쾌한 엔터 키 하나로 사라진다

너에게서 얻은 힘으로
다시 새롭게 시작
아무 일도 없었던 것처럼
이전의 것은 삭제

새 기분 새 글 속으로
톡톡 토도독
아직도 어설픈
평생 하늘 한 번 오르지 못한 독수리 타법
더듬더듬 굼뜬 손으로 찾은 낱말들
서툴고 느린 걸음으로 가도
언젠가 거대한 글 숲 이루고야 만다

오나가나 시(詩) 생각뿐

시(詩)
몇 날 몇 밤을 지새우고도
너는 아직 미완성이다

오늘도 버스 안에서
네 생각으로 사로잡혀 있다가
깜박 버스 정류소를 지나쳤다

온종일 내 머릿속을 맴돌고 있는
너만 생각하다가
어제는 내려야 할 전철역도 놓쳤다

잠시 떼어놓고 보자 하여도
완성된 너를 보기 전에는
결코 놓을 수가 없다
떼려야 뗄 수 없는 우리의 운명적 관계
오나가나 나는 너 생각뿐

수세미

불볕더위 땡볕 아래
비지땀 뻘뻘 흘리며
하늘 향해 거침없이
쑥쑥 뻗어가는 넝쿨
고개 빳빳이 치켜들고
위로 위로 전진한다

여린 손에 물집 나고
다리 힘 풀려도 쉼 없다
송골송골 맺힌
땀방울 너머
주렁주렁 매달린
가을날의 너를 본다

노란 은행잎

시내 거리가 눈부셔
가지마다 매달린 금빛 은행잎

작은 바람에도 후드득
나비 되어 날아다니는
노란 은행잎의 군무가 황홀해

차마 지나치지 못하고
가던 길 멈추고서
한 잎 두 잎 줍노라면
다시 살아나는 옛 기억들

그리운 추억의 장마다
은행잎 금빛 책갈피를 끼운다

꽃비따라 가는 세월

잠깐이나마 사랑했었다
추억이 눈꽃처럼 흩어진다

진정한 사랑은
마지막 순간이 더 아름다워라
내 사랑도 저렇듯
꽃처럼 황홀했던가

사랑의 날들이 춤추며
꽃처럼 눈처럼
마음 밭에 쏟아져내린다

꽃시절은 잠깐이더라
바람에 날리어
함께 사라져가는 꽃비여
푸른 청춘이여

합격을 기원하며

쌀쌀한 바람이 불어오고
동네 떡집 진열대에
곱게 포장된 찹쌀떡이 나오면
대학수능시험이 다가옴을 압니다

오랜 날 잠도 제대로 자지 못하고
열심히 달린 노력이 헛되지 않게
수험생 모두 찰떡처럼 한 번에 딱 붙어
수능 합격하세요!

수많은 날 오로지 자식 위해
밤낮 정성으로 바친 부모님 기도
헛수고 되지 않게
수험생 모두 찰떡처럼 단번에 척 붙어
수능 대박 나세요!

수험생 모두의 합격을 기원합니다!

빨간 우체통

부슬부슬 비 오는 거리
우산도 쓰지 않은 우체통
빗속에 떨고 서 있다

저녁 오고
아침 와도
꼼짝 않고

오색 단풍 같은 님의 소식을
이제나저제나 기다리고 있는
빨간 우체통

소독차 방귀소리

어제는 우중충
오늘은 맑음
눈부시게 펼치는 아침 햇살 따라
골목골목 누비며 다니는 소독차

요란스레 내뿜는 구름 연기 가득
길가 화단을 덮치자
소스라치게 놀란 풀숲 벌레들
일제히 솟아오르고

달개비꽃 풀숲에 숨어
곤하게 자던 모기
소독차 방귀 소리에 놀라
혼비백산
잠옷 바람으로 달아난다

날마다 일어서는 꽃

비탈진 언덕 들꽃 한 송이
짓궂은 바람에 쓰러져도
불평도 찡그림도 없이
아무 일 없는 듯
곁에 선 들풀 손 잡고
다시 힘내어 일어섭니다

비탈진 언덕 들꽃 한 송이
심술 바람에 넘어져도
원망도 탓함도 없이
아무렇지도 않은 듯
흙먼지 툭툭 털고 일어나
다시 생명 향기 전합니다

어느 결혼식

곱게 단장한 신부가 울먹인다
연신 복받쳐 오르는 눈물을
학처럼 긴 목 안으로 밀어 넣지만
눈치 없이 눈물은
물 묻은 창호지 마냥 자꾸만 번져 나온다

덩그러니 홀로 남을 어미가 애처로워
날개를 접은 채
둥지를 떠나지 못하고 서성이는 작은 새

들썩이는 어깨를
그렁그렁한 눈을 가진 어미가 토닥인다
차라리 목놓아 우는 울음보다도
더 슬픈 미소를 지어 보이는 여린 신부
바닥에 길게 닿은 새하얀 드레스 자락에도
눈물이 흥건하다.

먼발치에 선 봄

깜깜한 흙 속에서
찬란한 날들만 꿈꾼 봄은
코로나 감염병 앓고 있는 세상을 알리 없지

미리 알았더라면
공원길 홍매화
저리 눈부시도록 곱지도 않았겠지

가슴에 안지도 못하고
두 손 내밀어
잡을 수 없다는 걸 알았더라면
저리도 붉게
가슴 터질 듯 타오르지도 않았겠지

하늘대는 아지랑이를 사이에 두고
창으로 바라만 보아야 하는
먼발치에 선 봄

기억 지키기

건망증은 예고 없이 찾아오는 손님
몸속에 눌러앉은 그가 하는 일은
주로 기억을 방치하는 일

점심도 저녁도 아닌 늦은 오후
허기가 찾아낸 냉장고 속 오래된 잔반에
김치 양파 송송 썰어 볶으려는데
굳어버린 관절처럼 밥알이 풀리지 않는다

톡톡톡, 식은 밥에도 요령이 필요하다
따뜻한 불 위에 올려 달래듯 두드리자
비로소 살아나는 밥알
화룡점정 계란 노른자 자태마저 넘본다

식은 밥을 볶으며
굽이굽이 달려온 세월이 굳지 않도록
시나브로 유연성을 잃어가는
뻐근한 기억들 구부렸다 접었다
시간의 골반도 둥글게 돌려본다

그가 더 이상 내 몸의 주인 행세를 하지 않도록
소중했던 날들 더 이상 손님에게 빼앗기지 않도록

봄날 단상

봄, 내가 사랑하는 그대
때가 되어
그대 바람처럼 떠나도
내 창가엔 여전히 꽃별이 뜨고
내 뜨락엔
꽃나비 훨훨 아름답게 날면 좋겠어

좋은 시절 화려한 날 가고
그대 이슬처럼 사라져도
내 창가엔 여전히 꽃달이 뜨고
내 뜨락엔
꽃비 황홀하게 쏟아져 내리면 좋겠어

못내 보내기 아쉬운 그대
간다는 인사 없이 홀연히 떠나도
아롱아롱 아지랑이처럼
내 마음에서 날마다 피어날 그대
봄봄봄

초역세권 지역

전철역 오분 거리
걸어서 일분이면 닿는 버스정류장
누구나 선호하는 초역세권 지역

남향 볕이 따뜻이 내리쬐는
전망 툭 트인 은행나무 꼭대기
분양받은 지 얼마 되지 않은
아늑한 보금자리 새 둥지

쌔앵 지나가던 바람이 낯선지
가던 길 서서 돌아보고 또 돌아본다

엄동설한 칼바람 피해 갈
단열재는 단단히 넣었을까?
새 집 증후군은 없을까?

나도 궁금하여
가던 길 서서 쳐다보고 또 쳐다본다

고마운 사람

언제나 어디에서나 이름만 들어도
만난 듯 반갑고 마음 푸근해지는 사람

번거롭고 복잡한 길 싫은 내색 하나 없이
어두운 밤길 등불 되어 집 앞까지 동행하고
우두커니 혼자 일 때 살며시 다가와
얼어붙은 마음 녹여주는 훈훈한 난로 같은 사람

말을 하면 답답한 가슴 뚫리는
시원한 바람 같은 사람 그래서 늘 감사한 사람
곁에 있어 힘이 되는 때로는 언니 같고 동생 같은
언젠가 어디론가 떠나가도
평생 잊지 못할 그런 사람
한없이 너그럽고 따뜻한 참 고마운 그 사람

잉꼬새 사랑법

이른 아침 부부는
일어나자마자 대화로 시작한다.
밤새 잘 잤느냐
좋은 꿈 꾸었느냐
달콤한 인사말과
입맞춤으로 묻고 대답하며
끈끈한 부부애를 과시하는 잉꼬새

함께 먹고 마시며
서로 칭찬하고
서로 격려해 주는 잉꼬 부부

마음 터놓고 의논하고
부족한 것 서로 채우며
부부가 잉꼬로 백 년 해로 한다는 것
그 얼마나 큰 축복인가

우산 가족

보슬비 오는 오후 나절
밖으로 나가자고 보채는
아기 우산 데리고
나들이 가는 우산 셋
나란히 나란히
다정하게 걸어가는 우산 가족

세상 것 중에서
비를 막아주고
바람 막아주는 우산처럼
가족이란 이름의 우산 아래 있는
모든 것은 다 아름답다

그것은 또 다른 행복인걸

너 그거 아니?
몸은 늙어도 마음은 늙지 않아
멋진 스타를 보면
소녀처럼 두근두근
콩닥거리는 마음은
어른이 되어도 똑같아

어른이 굿즈 머리띠하고
응원봉 흔드는 거
이상하게 보지마

젊은이 못지 않게
어른도 응원할 수 있어
얕잡아 보지마

조용히 익어가며
가끔은 설레는 마음으로 사는 거
그것은 또 다른 사랑
또 다른 행복인걸
흉보지마

속 쓰림

이른 새벽
빈속이 쓰리다
날 밝자 서둘러 간 병원
줄 서서 기다려 상담받고
차례 기다려 진료받고
또 순서대로 처방전 받았다

그리곤 쪼르르 건너간 약국
또 대기 번호대로 약 짓고
하품 나도록 기다린 보상만큼
약 한 보따리 받았다

병원에서 약국에서
기다림 속에 보낸 하루
쓰린 속보다
기다림에 지친 몸이 더 아프다

쯧쯔쯔...

사람들 분주히 오가는
그리 넉넉하지 않은 골목길
떡하니 자리 차지한 채
서로 마주 보고 선 자동차 두 대
입술이 닿을락 말락
눈빛이 뜨겁다

벌건 대낮
쯧쯔쯔...
모른 척 비켜오는데
뭐라 말도 못하고
혀도 찰줄 모르는
바로 앞 건물 셔터문

옴짝달싹 못하고 선 채
큰바람 지날 때마다
덜커덩덜커덩
답답한 제 가슴만 두드리고 있다

조바심

갓 태어난 외손자
품에 받아안고서

언제 크냐
언제 크냐

손자 크는 만큼
내 나이 먹고
늙는 줄도 모르고
괜히 곁에서 조바심만 낸다

안녕하세요?

겨우 세 살 외손자
세상에 태어나
처음으로 하는 인사말
"안녕하세요?"

아침에 일어나서도
"안녕하세요?"

잠자리에 들 때도
"안녕하세요?"

어린이집 갈 때도
"안녕하세요?"

나는 참 행복한 할미다
자나 깨나 안녕하냐고
방문 앞에 서서 묻는 손자 있어
고독해질 틈이 없다

오늘 날씨 참 좋다

손이 안 추워
코도 안 춥네

비가 안 와
바람도 안 부네

하늘이 파란색이야
하얀 구름이 가네

오늘 날씨 참 좋다
그치? 할미야

유치원 가는 길에
외손자가 한 말

척척박사와 할머니

아빠 엄마 일하러 가고
유치원도 쉬는 토요일
여섯 살 손자의 친구는
육학년 오반 할머니입니다

무엇이든 만들기 좋아하는 손자
못하는 척하는 할머니와 함께
막대 쌓기도 척척
칠교놀이도 척척
블록 맞추기도 척척

꼼지락꼼지락 척척박사 손자
오늘도 어깨가 으쓱으쓱
엄지 척!
최고랍니다

백신 접종에 대한 예의

허약한 나를 대신해
코로나란 거대한 적에 맞설 너를
나는 소홀히 대할 수 없다

예약에서 접종일까지 꼼꼼히 체크하고
남들처럼 해열제도 준비하고
만약의 부작용 사태에도
단단히 각오를 하였다

너무 앞선 내 생각보다는
당일 문진하시는 선생님의 말씀을
귀담아 들을 것이다
백신이 내 몸에 안착하여
항체가 잘 생성되도록
몸의 반응에 군말없이
기분 좋게 동참할 것을
나는 맹세한다

널 만날 생각에
접종 며칠 전부터 두근두근
AZ 아스트라제네카 고마워
그리고 환영해
코로나! 너 이제 죽었어!
백신 접종 감사합니다

붕어빵 한 봉지

횡단보도 건너다
눈 마주친 붕어빵

귀염둥이 손자 아른거려
한 봉지 품에 안았다

엄동설한 언 가슴으로 흐르는
따뜻한 할미 사랑에

해맑은 손자 웃음이
몽실몽실 떠오르고

집으로 가는 내내
붕어빵에 깃든 행복
겨울 햇살 속에서 모락모락 피어난다

시인도 즐토하세요

김미희(소설가.에디터)

　작년 초 코로나19라는 펜데믹은 우리 사회를 엄청나게 변화시켰다. 화상회의, 재택근무, 비대면수업, 배달앱 등 아직 먼 것만 같았던 일들이 엄청난 속도로 다가왔다. 사람들은 비대면 시대를 지혜롭게 살아가고 있다. 현대를 살아가는 우리는 삶의 한 부분이 아니라 전체를 아우르는 이 시대의 거대담론인 코로나19를 피해갈 수 없다.

　이 암울한 시기에 우리는 과학문명을 마음껏 누리고 배우고 활용하며 살고 있다. 그 중에 스마트 폰은 우리시대를 살아가는 중요한 도구이며, 문자로 대화하는 단체대화방은 소통의 신기원을 이루었다. 조수선 시인의 제4시집 『카톡 씨도 즐토하세요 오늘은』은 이 시대를 대변하는 휴대폰에게 고마움을 느끼고 수고하는 폰에 대해 의인화하여 폰과도 대화를 나눈다.

　단체 톡방에서 서로 위로와 희망을 주고 받으며 '스마트한 시대 바쁘게 카톡거리며 내 폰 안에서 수

고하시는 카톡 씨도 즐토하세요 오늘은'이라는 시인의 고운 심성은 마스크를 하고 거리두기를 하며 살아가야 하는 시대에 그것에 가리워진 많은 것들에 대해 시로 승화시켰다.

갸날픈 듯하면서도 세상을 올바로 읽고 직언을 시어로 말하는 제4시집에는 맑은 물로 삶의 때를 씻기고 새 옷을 입힌다. 깊은 우물에서 길어올린 맑은 물로 세수하듯 산뜻한 시의 감성으로 세상을 읊조리는 시인은 생활에서 아름다운 언어를 길어올린다. 시는 화려하지 않지만 들꽃처럼 강인하고 수수한 아름다움이 있다.

난 아무래도 좋다
붉은 매화꽃입술
눈빛 고운 그대
다시 볼 수 있다면
수천수만의 너울이 몰려와도
난 기다릴 수 있다

포구의 불빛처럼
그대 나를 잊는다 하여도
윤슬처럼 눈부신 그대
나는 결코 잊지 않으리

내 오랜 그리움이
찬란한 해넘이 속
하얀 소금꽃이 된다 하여도
그대 향한 사랑 하나만으로
저기 밀려오는 바다 안개 거친 바람
난 얼마든지 견딜 수 있다

-바닷가 연가

　위의 시에서 "수천수만의 너울이 몰려와도 난 기다릴 수 있다"는 현실의 어려움이 아무리 극심해도 사랑하는 그대를 보기 위해서는 기다리겠다는 의지를 나타낸다. 기다림의 괴로움보다는 그대를 향한 사랑만으로 모든 것은 행복이고 희망으로 결부된다.
　시인은 현상 너머의 진실을 찾아내는 직업이다. 따라서 시인은 항상 눈을 크게 뜨고 현상 너머의 진실 찾기에 몰두한다. 그래서 일상이 시詩이고 시가 일상이다. 그래서 시인은 오나가나 시詩 생각뿐이다.

시詩
몇 날 몇 밤을 지새우고도
너는 아직 미완성이다

오늘도 버스 안에서
네 생각으로 사로잡혀 있다가
깜박 버스 정류소를 지나쳤다

온종일 내 머릿속을 맴돌고 있는
너만 생각하다가
어제는 내려야 할 전철역도 놓쳤다

잠시 떼어놓고 보자 하여도
완성된 너를 보기 전에는
결코 놓을 수가 없다
떼려야 뗄 수 없는 우리의 운명적 관계
오나가나 나는 너 생각뿐
                     -오나가나 시(詩) 생각 뿐

　우리가 살고 있는 현실의 언어는 세계의 표면에
불과하다. 그 이면에는 진정한 의미를 가진 인간의
삶의 모습이라거나 삶이 지향해야 하는 본연의 모
습이 숨어 있다. 그래서 시를 쓴다는 것은 상상하고
연구하며 집중하여 새로운 언어를 찾아가는 일이
다. 따라서 시의 출발점은 바로 우리가 살고 있는 일
상이다.

시인 조수선의 작품들은 아름답고 다정하고 따뜻하다. 시인의 마음씨와 닮은 결고운 시이다. 일상에서 하루도 쉬지 않고 시를 퍼내는 작업을 하는 시인의 노력이 제4시집 『카톡 씨도 즐토하세요 오늘은』에 오롯이 담겨 있다. 시인도 오늘은 즐토하세요.

닫는 글

오늘도 끄적끄적 무엇인가를 씁니다.
아픈 세상 속에서 살고 있는
제가 할 수 있는 일은
위로와 희망의 글을 쓰는 일입니다.
많은 분들이 공감하고
좋은 에너지와 힘을 얻을 수 있는
진솔한 삶의 글을 쓰고 싶습니다.
그러기 위해서는 저 자신부터가
늘 따뜻한 마음, 맑은 웃음, 밝은 생각을 하며
긍정과 감사의 마음을 가져야 하겠습니다.
코로나 19로 하여
편안한 마음으로 글 한 줄도 읽을 수 없는
어렵고 힘든 날들이지만
모두 힘내시고 건강하시기를 기도드립니다.

카톡 씨도
즐토하세요 오늘은.

초판 발행일 **2021년 11월 10일**

지은이 **조수선**
발행인 **김미희**
펴낸곳 **몽트**

출판등록 **2012.12.20 제 2014-0000-38호**

주소 **안산시 단원구 고잔로 23-12**
전화 **031-501-2322** 팩스 **031-501-2321**
메일 **memento33@menthebooks.com**

값 10,000원
ISBN 978-89-6989-069-6 03810

🔺🔺✓ **한국예술인복지재단**

※ 본 도서는 한국예술인 복지재단 2021년 하반기 창작준비금(창작디딤돌)
지원사업으로 발간하였습니다.